U0055245

不如
詩

楊沐子 著

目　次

不如說里昂的秩序

羅納省。氣溫11℃，美女如雲……

我心跳加速

我已經忘記手中裝滿空氣的飯盒

牛奶變酸

這就意味著時間在製造麻煩。這個淩晨

我表妹把房子畫成一個個疙瘩

「傻蛋」

她在畫紙上放了太多的鹽和豬油

她從來就不好好畫畫

她總在塞得滿滿的煙灰缸之間

想著某男明星，一無所知

我表弟，怎麼從攝影家（布吉）的視線下
逃出──他觀念裡新的球技？

留存於一個將要被詮釋的、廣大的秩序，比如：
　　在猶太鎮

Prague大街，長腿MM談起聖女貞德*
盡是在落魄的貝斯手中
他把莫札特送進500米處空虛的蛋糕店
老闆打著哈欠，10月鑽進他的口袋
但老闆沒有理由，看不到每片磚瓦
和教堂頂上的城堡，穿著橘黃色的大衣

摩托車，駛進天邊
空氣有股發霉的味道

白鴿在半空撲騰
白鴿從來與晾在繩子上的衣物無關
一整個下午，鳶尾泛著藍的、紫的火焰
梧桐沿著塞納河畔行走
Bonjour*，打中了我的頭和肩

迷迷糊糊我醒來。空姐說，到啦！

聖女貞德：法國名酒。
Bonjour：法語，你好。

不如說蒙特卡洛的秩序

如果必須把手伸出去
為一個複數的合大於一個單數的合
向他們致敬，那麼，聽
「單……雙」「雙……單」
啊，押韻的對句詩停留在這兒
是「砰」，是「哐當」
開了……太棒啦，幹得好

這是一場數學革命嗎？
對不起，我不是理工女
對哥德巴赫猜想*沒興趣
在轉盤前，說對與錯，笨蛋

再一次，緊束腰帶

省略：洋蔥，蘿蔔

去無人區吹風，幻想

在黃昏，被堵在空中

為一個複數的存在一個單數的人

捶胸頓足，掏口袋。繼續

返回夜晚：點菜，喝酒，下盤投注

返回早晨：洗臉，梳頭，照鏡子

喂，別看了，帳單已寄往你的郵箱

我的朋友，在蒙特卡洛城

有個美麗的傳說

但不適用於那懸掛在高處的燈盞

旌旗，已褶皺

木星，不會永久的出現

就像裁判永不會跟你空談

裁判的衣袋有一塊紅牌和一塊黃牌

哥德巴赫：德國數學家。

不如說巴黎的秩序

藍在公社牆上嬉戲。像這林子
擠滿了觀光者，和一個
包頭布的，她應該是土耳其人
她左看右看的大眼睛像兩個電氣燈
港口浮滿船，雲在海面
成為大地之上海員的導遊

先生們，女士們
秋天來了，冷空氣降臨
的確，我感冒且胃痛。返回
外科，2樓，插隊不行

行行好，護士，我等不及

我的身子變得越來越輕

從走廊到藥房必有不同

一個將要臨產的孕婦

一個拄著拐杖的大叔，這兩人

誰喊「疼」了？

誰「唉呦」

被一塊白布，一個必須囚禁？

一個「他媽的」和一個「混蛋」

生長到天花板，日光燈閃著

兩個坐在長椅子上的影子
畫著他們的田野和牧場
世界回到了拉丁語時代

不如說布拉提斯拉瓦的秩序

多瑙河從嘴巴和鼻孔裡噴出

秩序掀起它所有的詞句

那麼，秩序即是音值，對吧？

諾！

情緒總是這樣

——從分享一個元素而來

——從渴望最美妙、最惹人羨慕的運氣而來

——從地毯上喘著氣，打著噴嚏而來

——從沒有別的，背上一個新的包袱而來

在灰濛濛的煙霧中

他們宣洩（除了他們說：她就是個廢物）

他們搖頭（伸出手摩擦她的胸、腿、頭髮）

在斯克街

爵士俱樂部是一家超豪華的酒吧

簡化為兩個選項：A和B

B那邊，在鑲滿藤壺的房間

啊，紐約小姐

被突然砸過來的、保羅的梳子裝飾著

然！

我的焦慮症發作。骨頭變白
從漸弱中旋轉，拾起
從拼木地板上奏出的古典風
從探射燈裡拿出熟悉的東西
囫圇吞咽甲冑、建築、瓷器
就這樣被放大，放大，放大
是怎樣的「夠了，夠了……」
是怎樣地聽著
哦，紐約小姐……
哦，紐約小姐……

哦，馬克雷太太

您怎麼把後兩個字的音發得像俄語sj？

不如說新加坡的秩序

這亞洲女人，在北部，柔彿長堤

散步，唱歌，在花名冊上除草

無需鐵鍬，無需從暮色預言的盡頭打撈

一個變化又不被變化的世界

這東方女人，在南部，邊抹防曬油

邊將頭埋入紳士們的鼠蹊處，樂趣

攝影師遠離塵囂，姑且說，還有

一個明喻暗藏在最初的隱喻裡

難道就這麼置身於此？

這黃皮膚女人，在村子裡洗碗

她喜歡狗兒：汪，汪汪

打著陰溝的水在風中飛濺

以「編次」開始以「不過如此」結束

難道就這麼結束？

這已衰老的女人，躺在床上

然而並不是她自己的床

夜糾纏著，來自顛沛的天宇

豈是一個必於是，在造次中偃僕

豈是一個必於是，遭到唾棄

必於是邪惡的巫師施的法

罪過，罪過，罪過

我怎麼可以大著嗓門

在季節交換時，求大同存小異

複句式，作分句、賓語，終就這麼回事

不如說東京的秩序

雪越下越大，火車在信號所停開——

沒有事情可做從左邊看向右邊

在一件披風裹住膝蓋的地方

一株雲杉，一個招牌

或一個打瞌睡的

他正在萌生一種危險的障礙

可能是要把誰變成俘虜的形態

但，終抵擋不了忙碌中的夥計

他們是男人，形同機器

他們中有女人

她搖擺，兩腿僵硬

她媚笑，兩眼充血
被那高掛燈籠的時代拿進「去去去」
將再次喊她
等待一排尖利的齒剝光她

生存是使命，我們的時間是證物
在我們的情欲中，肉體是一本詞典
等待查閱；肉體裡有性的渴望
我們下來上去——在相遇中
喝茶、發笑、嚼舌根
並非來自一個俗套的塵世。這不適用於

光，一束，一束束的徑直走來
木屐在地板上噠，噠噠噠

而我觸摸不到，從南邊看到北邊
一大片房屋，這古老地段
沒有一盞路燈，下面
影子拉得如此之長
而我觸摸不到，登陸飛船引擎之聲
清晰地傳進幸子的耳朵
不知道是哪一種病症？醫生說
你最近感冒發燒過嗎？
你最近一次，最近，最近

最近我去了一趟韓國吃了

拌飯、烤魷魚和海帶湯

誰能證明這不是一次偶然？

不如說馬來西亞的秩序

我們玩著。用眼神亂彈燭光之韻
（心的沙漠）覆蓋了太陽和海岸
咖啡館，入口開啟。「無處可藏」
成為一道命題，即假命題

如這老男人和那漂亮小姐
把帶瓷的風敲打得叮叮咚咚
進入春，天氣多雲，12℃
還會升溫嗎？
謝天謝地
無論如何手機鈴聲過後

那椰子樹，不曾有過屬於它的
兩代人的夢，漸漸化成凝重的空氣

如我的思想，像那木格臺上的花
無法對長滿皺紋的生活，露出
白皙的脖子。在
它的「不必如此」
它的吱吱呀呀
它的哄笑裡
去揪一個嬉皮士的耳朵，掛著耶穌

如服務生伸出腳，就會把這個下午
一腳踢到亂糟糟的廚房，運轉得太慢
為換取咖喱和胡椒的香味
我在廚師的腦子裡撒了一把鹽。在旅途中
人，總會因辨不清方向而耗費腦力
只因那些事物。他們。我們。錯綜複雜

不如說曼谷的秩序

漁民仍在打撈。沒有魚，這是下意識的合成

眼睛拉近我們的距離，眼睛蜷伏在眼睛裡
孩子無法托起它的重量
孩子只能哇哇叫著
並以他的手召喚我的手，因何而落下？

手無法伸到世界的末端，手疲憊地舉起，放下
阿南達宮，持續刈割四面佛的庭院，與那些妖
他們挺胸撅屁股，用假聲發音
都不能阻止翠鳥，它小小的身子閃現在井緣上

光懶洋洋地穿過小鎮、古董店、餐館
露出一閃即逝的笑容，這是錯位的合成

金鏈花和芭蕉，沉甸甸——
高塔上出現了海市蜃樓——

有人一個勁兒地傻笑，並用扇子掩住自己
有人彬彬有禮地聊著天兒，竟是膩煩而不愉快的
　　事情
有人穿花哨的衣服，身上幹結著骨頭
有人試圖拿起相機拍照，卻站在那裡不動
有人爬上梯子，摔倒在地——

我聽見計程車嘀，嘀嘀嘀

今天會有拜訪者敲門嗎？這本意和逛街不一樣
我可以把小吃、衣服首飾都揣進袋子
問題是，如何把我的思想也揣進袋子？

不如說梵蒂岡城的秩序

這裡有停車場。在希翼中

消失了。一大堆氣流湧出

院子消失了，剩下石頭

月光消失了，抽煙的人

繞著圈子走，像一顆流星

這顆照耀星辰的流星

無法照亮他自己

或許，他的心真的死了

風在樹上沉睡，樹在風中站立

在我的窗口。今夜亦是如此

從甲地出發到乙地

一艘葡萄牙船在海上停留

沒有一個將要過去和一個現在將要到來

帆太白，光太昏暗

我悚然，倚在床沿

換衣服，置放枕頭

我躺下，彷彿一首哀悼詩誕生了

麇集於一束花、一杯酒、一盤水果

落入無形，一個落入大地的無形之形

並非具有歷史意義的不朽

或與功勳聯繫在一起

人，達不到公平的待遇。這意識冒出來

像夾在狹窄的縫隙裡的乾草

填平荊棘圍著的土坏

土坏上：公墓的磚牆，殘缺不全

不如說佛羅倫斯的秩序

教堂的銅門開閉開。彷彿在鞭撻什麼

像為了什麼創造了什麼。我叔公

抱著那本書

打開，合上（反反覆覆）

他害怕靈魂這東西借助某個註腳

「把眾人都圈在罪裡」*

善似因果。似冒昧。似看風使舵

還有鐘樓，立在光中俯臨

生之茫然，生之無以然

隔著一片樹林，一頭奶牛

被理念化了，在蒼白中更白

一個孤寂變大。隱秘而粗獷

孤寂，學公雞叫著，刨著

陽光的餘暉，由跑車和村子構成

蕁麻叢，像被錘鍊的諺語

無可索解馬特峰*下的世界

在它的跳躍中鋪展成：你好，憂愁

一個空間變大。到一個人

從撥動手指到謀劃這天

沒有筆墨，沒有吐沫飛濺

就這樣虔誠地默禱

感謝主，給我仁、愛、願、樂

「把眾人都圈在罪裡」：出自《路得記與救贖恩典》。

馬特峰：在義大利邊界。

不如說亞歷山大的秩序

亞歷山大走在風中。世界

是一個無體積的長方形。懸浮在

一個點，它呼呼的途中

風傾倒的地方，石頭凹陷

地獄牆，它的宴樂是赤裸的長句

大地是燈、船的賦格

天空是一次，包括星、火的灰燼

彼此強調展示

亞歷山大和樹一樣，隨風

變成寒冷的冬天

那林蔭道、那馬車、那打獵者

機械的，代表著我

而不是雪，積成厚厚的山峰

角色和風一樣，偽裝著

化飾自己的吟唱。卸去

從玻璃窗的所見所聞，不可延伸

它的死，嘴巴緊閉，滿臉都是樹葉

樹，來自克斯特納社團畫廊
由平民和部隊組成
亞歷山大，亞歷山大呀
這是哪個年頭的哪一天？
像海潮席捲岩石。語言的暴力

不如說阿姆斯特丹的秩序

最後一場音樂會結束了

我喜歡第九交響曲。蟄伏

一個警察，用唇彈著他腳步的前奏

當幾個聾啞人指著露天看臺發呆

夜空，被磨出豁口

男人們和女人，歌姬

和她動盪的詞句染著豔麗的金黃

眼睛恰在沙發上

手和腿相互摩擦，擁抱，擠壓

那時，沒有人會給我另一天

去洗禮沐浴，或去雲朵裡痛飲

那時，光仍是亦未可知的終極

從銀座上滑下來

再見。我退出200米

是這首詩變得謹慎了嗎？

這第二幕的敘事，在D大街

薔薇的骨朵於藤葛間昏睡

咖啡小屋把兩個戀人疊於一張桌子上

這是視覺問題：

你為什麼在鏡子裡看見不一樣的我？

那個胖女人總是重複問她的男友

店主正仰面朝天

他的牙像陶制的舊石器

沒什麼可看

好吧，畢竟還有燒烤攤的火撲啦啦

而我是怎麼了？

好像難以企及這時間營造的無形的存在

不如說宿霧的秩序

七月的第三周，我的眼睛喜悅過
但我的牙齒不讓，啃著
麥哲倫十字架*下一個少女
由一把琴組成，音在無常中
人們如何分辨它B調的和絃？
由分割改變成地叫嚷：嗨，美人
他們戲謔了她，是兩個男人

「新聞論談」在9:30進入城市
我完完全全的凝固。警車
從嗚嗚中，哐當
從恍惚中，循著棕櫚林

走向漁村，難以修復
一個帝國一次虛假廣告一聲嘶啞的回音
都在三葉草的藤上升起白色的旗

我沮喪的生活
我籲得驚人的生活
總在一個世代被封存
而後在一行詩裡
回到椰子油提煉廠
聽婆婆講「似識不識、似悟不悟」
牙齒持續在空中
制禮，俯就，不肖企及

她佝僂的背，肋骨
被其自身破壞著，壓彎路燈

麥哲倫十字架：現存放在宿霧一所小禮拜堂，逢一月的第
　　　　　　　三個星期舉行，以紀念聖嬰。

不如說雅加達的秩序

是月光碩大手的手伸出，讓我
合上書，坐在草地上
石雕，陶瓷館
像兩根尖尖的鉤子，鉤著天幕
而不是拉沙達家的貓和小橋車

駛向這一天，不再是圍著廚房
貪婪吞食；而是我允許她
拉沙達翻箱倒櫃，像只猴子
且對我說：有好酒，幹
幹，就是把幾個世紀從我們身邊扔出去
幹，就是開車去另一個小城

混跡於賓客中周旋，為她荒絕的真理

我們練習倒酒，以勝任愉快

撕扯鈕扣（裡面的襯衫

是她下午花一萬二盧比買的）

在商店，不如說在夜市

我們臥倒，下跪

像掃墓人祭祖那樣

但不包括哭，哼哼，發抖

或狠狠地踩著腳下的虛空

除非有個寬大的袋子裝下她失戀的苦惱

自然的熱流沒有句號可以終結
就這樣由月光碩大手的手製造著
我們就製造著。清真寺
老鼠鑽出來，嘴上叼著發霉的奶酪

不如說孟買的秩序

我覺得冷,在大街上
便會生出「鑽進被窩」的意念
而不會把良心引到道德問題上
在失恩的驚恐和卑微裡
在「無一愛言」和「叫人知罪」*中

無識,是這樣的。為逃離
說謊,是這樣的
我攪拌沙拉,做榴槤餅
想通過行為修辭遮掩自己
但修辭並不能改變事物的本質
一種在改變之上的緊迫

有時被稱為「炮製」

一次呈現：哦，這黝黑皮膚的人

他真的倒下去了……嘴唇發紫……

守在他身邊的是灰塵、碎葉

而附近，商鋪鱗次櫛比，黃金閃著

他黑密的卷髮和那已僵直的足

在死亡裡，邁步子

還烘托著塑膠袋裡一塊榆木板

好讓光傾斜著凹下去在恐怖的寂靜中

我們每個人都在尋找偷生之路

我們飢餓

這是第一場第一幕：哇哇叫，學走路

世界滿是玩具、奶瓶、尿布

和萬花筒，兒童公園在旋轉

在過去和記憶之間，背對著背

在一扇門和一扇門之間，沒有人

回頭凝視

空氣裡即逝的部分

就像枯萎的葉子，春天既是它的輪回

無一愛言和叫人知罪：出自《聖經》之《城門斷言》。

不如說卡拉奇的秩序

因為盤腿俯身。而想起

皆是一個目中無人的理念，如是她

穿針引線，要做足100次

那麼，她不累嗎？

她可來不及從左側門裡

拉出一張上好的弩

她彈它，即是生活

那麼，她的手就會被紮得滿是水泡

無疑，不必說100次，一次就夠

我抬頭看，必定會忘記這一天

園藝工將藍天搬進搬出，紫丁香

挽起瓦絮哈特太太的髮髻。我不認識她

在焦渴的鄰近

總有露天廣場，和驚訝

百鳥朝鳳。伊甸園

以及一顆帶翅膀的仙樹

感覺很不錯。引出它

一条老印度河，熱烈的大紅色下

一個長笛手，以更慎密的存在

喚出水，挺立的岩石

哦，是的，那小女孩，她在土布上刺繡

在街道街角，是貧民窟和檯球室

不如說馬累的秩序

—上午—

那人從覆滿青草的山坡上而來
像只耗子，又像一匹野馬
在陽光中閃著流浪者的音節

我早就厭倦陌生，漫長地錘擊
他聲音裡的聲音，有我的孤獨
和煎熬，衍生了地上黑乎乎的煙囪
與爬滿籬笆牆的野蔓藤

———中午———

藤上的藍的天空，花的綠蝴蝶
化成藍色的、綠色的群島。又一次
虎剌梅*在夏天，彈撥藍的綠的芬芳

像旅程的歌；塑造出植物園
把我立成高大的一棵樹
散亂的果子，習慣了噪鵑*叫著
……那片厚厚的白雲

——下午——

雲，所過之處都是港口
世界怡然，靠在草墊上
喝著新鮮的果汁，嬉戲
諸如此類，那奪去眾人視線的
仍是絲袍下曲線玲瓏的身軀……

島上的巷子是窄窄的
摩托車轟隆隆地在瓷磚上穿行

虎刺梅：別稱鐵海棠，是蔓生灌木植物。
噪鵑：一種鳥，常於棲居與居民點附近樹木茂盛的地。

不如說米蘭的秩序

一個女人在蒙特拿破崙大街*遊蕩

親愛的讀者：她遊蕩了也搖響了
樹兩邊的風，聲音的惡作劇
就像被抹了一臉的生日蛋糕
請注意：她轉身了在飛蛾的漫步中

古樓，星際，相互傾軋
這傾軋，擠出銅的元素
這陌生，滯留於路邊髒兮兮的垃圾桶
它黑暗中的黑，一隻爪子刨著
紙屑、果皮、蟻蟲

顯然，不是在我的Oh, my god裡

帶著一個未知和一個無休止

就像夢，形成又破碎。夏天裂開

沒有人會注意夜的露

有『一個倘若』來回拍擊

延伸到天邊，火車鑽進隧道

孩子們在斜坡上叫喊

他們的父母脊背上壓著沉重的大山

從松林走出，把諸星洗白

滿是回聲。像樹上落下的鳥

這是一種告誡，不可言明

如果我要識別

眾多的靈魂便會來敲我的門

他們會發怒

他們會說：不可改變（主的安排）

蒙特拿破崙大街：米蘭最優雅、最昂貴的一條購物街。

不如說莫斯科的秩序

陰沉的天從屋簷上滑下來
我赤裸裸地昂著頭，情緒飛出去
像一張飄浮不定的紙屑
沿著哈裡路亞的小路落到
一堵漫無邊際的大牆下面
拳頭向起伏的空氣重重一擊

斯托夫發怒了。斯托夫這個渾球
他打了他的老闆這樣苛刻他

聲帶向咽頭移動。C下面
第二個E音逃向星期二

他們沒完沒了翻閱報紙
說「然而，但是」
漸漸穿過掛著瑪利亞像的窗口

沉浸爬進來，有點麻木
已容不下清潔工，她在抽水馬桶旁
被滴落的水歪曲，一個歪曲的本質進入
神父，他站在門口
轉著門把手，轉著四季
在地球中央，既沒有詩篇也沒有上帝
除了一地的馬鈴薯，和一群焦急的移民*

移民：在莫斯科稱「移動式移民」，指只能享受出生
　　　地待遇的打工者，如在莫斯科工作，不享受莫斯
　　　科的待遇。

不如說布魯塞爾的秩序

突然之間，我好像忘記了什麼
在銅管樂的伴奏下，先是品嘗
咖啡。之後關掉電視機

莉娜躺在客廳。四壁
發黃的照片，奇高的椅子，他祖父
身後一杆獵槍，伸向屋頂
就這麼臨近了：森納河，島，豪宅
可曾是一場秀？旋轉於我們的舌頭上
荷蘭語，有股酸溜溜的味
伏在光中，點綴著玻璃門
波比沖過來，「滾」莉娜叫著……

阿門，天曉得，這聲音

是出自於哪一種情緒知識

每個人都是他自己生命的宣洩者

但，我會忘記

教堂傳來的合唱聲，莉娜的兒子

露出了曬紅的小手腕

這算不算被視覺打亂的一次續篇？

最後是JJ，她站在那兒

看看天花板，摸摸沙發墊

她好像從來就不存在——

哦，該吃晚飯了

晚飯有貽貝，蔬菜丸子和啤酒

不如說布加勒斯特的秩序

事實是那個地方
我們全都在市區，想著過去和未來
瞻仰凱旋門？聽交響樂？和某男士供餐？
他喜歡點烤腸和酸白菜
他不過金髮碧眼，算了吧，走開！

拿魚具的老人消失了
騎單車的肥佬從遠至近而來
如是我為他蹣跚，喘氣而焦急
麻雀，從電線上飛起又離去
像離弦的箭，發出嗖嗖之聲

多長時間了？
我伸懶腰，跺腳，哼著歌
見鬼！古羅馬大公國、舊石器，修道院
彷彿永不會消失

1999年8月，我就在115線等車
車速延展，從遙遠的祈禱中
超越我的變化。然後是
交叉的大道，然後是
裁縫店、飯館、海灣從跳躍中復活
還⋯⋯不止於此，在眾多交叉線之間

不如說埃德蒙頓的秩序

這感知，被藍湖擰成一次歸於
是柔軟疲倦的眼睛，無以加複
紅帆的桅杆和曬臺上的烤爐
堡壘公園，某些事物破碎了
由他性構成，由他性竊用展開

地攤，木架，衣飾鮮明的女人
她劃出一個州
她在她那個沉靜中費勁地
湧出，一個趔趄
踩中了地上的香蕉皮
「哎呀」……都來喊她

臉色蒼白，身子瘦弱
但「哎呀」既非彼的也非此的
附近有一些霧，和一些光
沿著城根漫走
這第一道牆沿著霧和光漫走

這第一道牆被花草埋了半截

這第一道牆像圓形劇場
無法裝下一個天河，河上有土星
而某種東西幾乎沒有重量
因為飢餓難忍

當遠處傳來烤麵包的香氣

飢餓永遠不會高喊：麵包是我的敵人

不如說古巴的秩序

她手捧蝴蝶薑*，從朝到暮
她獨自而行，像一艘護衛艦
的確，這就是哈瓦那。太陽

走向草原的前端，革命廣場
掛起羊角，在它身上
灑上亮閃閃的金色，這金色

不過是一種熱氣，激怒了他
那個黑人，伴著一聲尖叫
那麼，就是說，是我在烈日之下

走到了老城區，灰色的建築
如同是一個偉大的民族的王冕
夾在球員們之間，紅棕*的7月

製造了「我們來了」我們真的來了
嗨，給瓶啤酒吧，謝謝謝謝
那麼，就是說，我們預見

延展了小賣鋪，延展了一隻手
懸浮在又一個延展的姿勢中
戴帽子的小子跳起來，自行車回應著

蝴蝶薑：古巴的國花，又稱「薑花」。

紅棕：椰子樹，因粗壯雄偉，被稱為大王椰子。

不如說的黎波里的秩序

少年人和老年人在街上
躺臥*
好似少年人和老年人都在街上
剩下霓虹燈招牌和窗子

都在聽：
餓了哦，有上帝的剩飯，水果
渴了哦，有天空的雨露，晨霧
……嬤嬤們就這樣吟誦。很糟糕
少年人和老年人在街上
躺臥

好似少年人和老年人都在街上
躺臥

五光十色的教堂，涼颼颼
是五光十色的教堂涼颼颼嗎？

瞧，夜幕的深度還沒有完全抵達

少年人和老年人都在街上躺臥：出自《耶利米哀歌》。

不如說拉斯維加斯的秩序

她，薩曼，躲起來了，那是在2010年
我們不是在捉迷藏，或看著她
把一片時光藏起來，雖然她
不是我的造物，是不是因此我也受驚了

我逮住自己，摸口袋僅剩的幾枚硬幣
我悄悄分泌腦細胞的殘留物
用它們製造火箭，返回當初，去讀法律
就像地質考察，地球充滿
岩石，生物進化……啊，到了這一步
我怎麼能把意識篡改？

躺在夜裡，拉斯維加斯

膨脹著，嗚呼，有100個

熱辣辣的詞，閃著

竟然還會有：一簇星，蹣跚學步

           一顆手榴彈從市區扔來

仍然還會有：某人在報紙上敲著手指

空氣騷動，由此，我失魂落魄

被推向一個巨大的轉盤前

「買定離手」「買定離手」

我還怎麼能用人格下賭注

就像巴黎不可以隨便養一頭牛。據說

不如說維也納的秩序

一個影子緩緩轉身

風從他身旁溢出，Hip-Hop

震撼的部分，在路燈下

被時間的呼啦啦

造出白鬍子，白髮

奇特得好像顛茄的煙雲

這吉他手在唱歌。哦，老傢伙

四周有熱氣騰騰的飯店嗎？

（服務生頭頂盤子奔來跑去）

世界有百分百的純粹嗎？

（那裡，日月星辰正嗅著先令*味兒）

但沒有人一屁股坐在這裡

忍受四肢留下俎上之肉

一片深秋中無法描繪的枯葉

從頂棚長橋的一端伸向宇宙

從隱秘的旨意，奇妙地打開，關上

已察覺不到

再見，我說再見

既是功德無量，也是業道論對

而現在我

不眨眼，用力撞擊

在第99下時，深蹲，然後屈膝

在城裡大街上

有風車

但沒有水池

水曾經清澈過

聽：嘩啦，嘩啦，井然有序又惴惴不安

新鮮，新鮮，太新鮮！

先令：奧地利貨幣。

不如說那不勒斯的秩序

我該怎麼守護它？這事物
泛起的漣漪，從古羅馬到元老院*
　　　　　從二月到一個洗衣婦
必須彎曲，雙腿抽搐
必須譜一曲不幸的歌
在蜿艇曲折的砂石上

風是一次惡毒的光輝
對遊子來說，今天
我還沒有進過餐，午餐時
喝了一大杯白開水
變成遊子或許就是開闊視界

連住在二樓的吉桑都打開了窗戶

環城大道，布林街

青蘋果，書店，四眼妹

拒絕煙灰在手中飄飛

真要命！水聲將繼續存在

喊聲在沙地留下足跡

玩打仗遊戲的孩子

他挖坑，跳進去

然後喊：沖啊，殺

殺？殺一儆百？殺雞給猴看？

據說

一個人孤獨的時候總會情不自禁

延展存在，完全是因它那時

還是一塊尚未開墾的處女地

元老院：羅馬元老院會堂，議事的場所。

不如說開普敦的秩序

天空就像一粒鑽石，光鮮透亮
而後，五彩斑斕的房子
翻開6月30號，星期六

表舅媽正在洗菜
自來水把蜜蜂，鶗鶘引至窗口
綠茵疊著綠蔭
無法遮蔽裡屋涼鞋的噠噠聲
像和尚敲著木魚
使語言枯燥
「討厭」我說不出來
都好些天了

難以忍受

羊奶和香水混雜之味

從牆壁上蛇立

一張照片就這麼對著你

用它冷冰冰的眼神

於竟然中，於靠近時間本身中

我離開了我表舅的視線

在葡萄酒把玻璃門映成紅色時

曼陀羅綻開白色的喇叭花

但月光仍是一種荒涼、哀傷的筆觸

比如，前方的椅子

在它的三維中的任何一維之間

都無法改變氣壓的變化

無論我向左、向右、向前、向後

不如說濟州島的秩序

「當心，當心啦」那人叫著——

這世界在一座房子裡
像交通堵塞，緩緩前行
像無數盞燈，照亮殘缺的枝幹
像地平線上的緋紅，浮出它
烏黑的雲。一左一右塞滿寺廟
既無大士像*也無「出大音聲」*
僧人們躲在院內
彷彿一堵將要倒塌的高牆

那麼也好，統統擠進來看

他帶著工牌，嘴上還粘著飯粒

他就這樣扳著手指

可他的指甲那麼長

能抓住什麼？

一個偉大的14世的紀高麗*？

一個古老的秋天？

一座浮雕和怒目的怪獸？

張著嘴，牙齒恐怖的尖利

我剛才沒有看見

遊人們已四散奔逃，以爬杆的速度

杆的頂部拴著一個銅鈴
叮噹叮噹，太感謝了

紀念日會有一疊照片，一個空的水壺
和一張門票。可以退回
但春香*就會被浸透口水的手帕勒死
大叔啊，除非你願意納妾

出大音聲：出自《地藏本經》。
大士像：中國宋代畫家賈師古的畫。
紀高麗：即紀高麗王朝。
春香：即《春香傳》，李朝時代韓國古典文學名著。

不如說斐濟的秩序

正如這樣穿越在甘蔗園

綠色和金色是一片濕氣

靠近了四輪馬車

從跳躍中汩汩流出天空和大地

兩個形體，很難說像什麼

如果我面對濕婆廟*，就等於重疊

如果我擊鼓、跳曳舞*

由此石頭、瓦礫

由此小鎮的風，哎呀呀

就會撫摸她細長的腿

那是一個女模，她古銅色的皮膚

泛著光，和驚羨

黃昏用她的皮膚，誘導夏

教堂用她的皮膚，蹭斷了綁手的繩索

沙灘用她的皮膚，播弄樹和太陽

喚出橢圓的、菱形的

猶如戈爾基*式的

「象」，在我畫的草圖上

蜻蜓挪動了它的位置

街景浮出來，汽車向四周延展

一隻狗拉了一泡屎

哎呀呀，它就這麼鑽進了灌木叢？

可惜，附近的巡警沒看見

我正站在神祕的

廣袤的南太平洋必經的門戶

濕婆廟：沙巴馬尼亞濕婆廟是斐濟最大的印度神廟。

曳舞：一種力量型舞蹈，源於墨爾本。

戈爾基：美國抽象派畫家。

不如說大阪的秩序

歐巴桑點燃一支煙，他會
把整個世界都抽進我的肺
哪怕在黑暗裡要啜飲，一次
起皺的苦難和加了胭脂的動盪

那大概是2009年？

歐巴桑打掉自己一顆牙。「哈」
他叫了聲，耳朵長滿荊棘
在太陽升起的地方，光被昇華了
虛無裡的迴響，輕過空氣

那大概是人性被嘲弄的一幕？

啊，不必靜立不動，在睡眠裡疾呼
皮膚鬆弛，假設需求不能填滿
感官的想像，是「一種絕對」
曬出「一種絕對」，如時間的元素

那大概是不完美構成的苦澀？

在一片熙攘聲中，嘴們
吧唧吧唧，吃生魚片
吃出了口紅、乳房、陰戶
總是這樣，持續於彼處，倒撥時鐘

那大概是魅惑之夜在作梗？

呀，我從未察覺到我做了什麼

在涼颼颼的榻榻米旁

深紫色的帷幔

深紫色的酒瓶

深紫色的玻璃，幻影、光影，爬進來

倘若我以嘗試作哺乳動物的方式

來與他們和絃，總比在最初的無序中要好

那應該就是一種諦視吧！

不如說聖彼得堡的秩序

光在光中。轟炸機在屋頂上

縴夫和近衛軍倒向血泊

19世紀俄國構成主義給我們留下了什麼？

19世紀像個懦夫、膽小鬼

他到小河邊打水

風沙沙作響

彷彿有什麼東西被彈出去

飛快地

躍過柵欄

他魂飛魄散差點失足

浮橋變歪，一個滑輪從另一邊垂下

而我在街上溜達，想著昨天

拍賣會，竟是謊言

拍賣師嘴裡塞滿巧克力

就像在紙上玩遊戲

世界是一條死胡同

19世紀像個蕩婦，她勾引男人

親愛，我等你

等你哦，不見不散

這是第一幕的對白。但我愛

像老鼠般隱蔽

從帶刺的灌木穿越一個簡陋的窩棚

衣服被撕成布條
衣服不再是衣服
而是貼在門上的封條
從尼古拉街進入
夜晚，空空蕩蕩。但我愛
從這兒向終點，也向新的起點奔跑

他說。一個偉大的攝影師他將返回
從枯燥的乾渴發出咕嚕聲
一個國家繁星閃耀，兩英尺之外
管理員無趣地喝著牛奶在畫廊

不如說英格蘭的秩序

民眾頭戴花環進入街區——

民眾是一群少女
民眾是露臺上的漁港、松枝、刺玫*
民眾就是最初存在裡無常的事物
五朔節*，穀物神佇立在灌木叢
碧藍的煙水，使我變白變亮

像一盞燈，直奔夜鑄造的可能，瞬間
無常的事物遠離村莊，於其中
被包圍的月光的事物，被遮蓋
樹葉和宅邸，於香草的氣味中作詩

萬物腰繫彩帶，觸地而舞
哄……嘩，五月裡的皇后
走出來，手在空中，腳在大地
象徵的部分，引我向前，向前
究竟是什麼攀升在路上？

但是風的呼喚但是白燦燦的光
閃著夜幕中交合的事物
層層挪動山脈。海
螺旋式的浪
滑過泥沙剎那無常。近在咫尺
又深至長途汽車站。聖哉，聖哉

五朔節：歐洲傳統節日。用以祭祀樹神、穀物神、慶祝
　　　　農業收穫及春天的來臨。
刺玫：玫瑰花。

不如說慕尼黑的秩序

他們說我們必勝，我們是英雄
英雄是他們嚎叫的詞，他們嚎叫時
山頂上，牧羊犬正豎著耳朵

我們來自一種原初的結構
一場足球賽，一次大草坪上的啤酒會
沒有英雄，傾聽希特勒單調的嗡鳴
在拜恩州*，我確信
三明治就在烤箱裡，玉米片和砂糖
那是食物嗎？他們問

祕魯那個神腳會不會死翹翹……

叫米克什的女人又和誰好上了……

還有亞洲，那些救生員呢？哦哦
愚蠢的英雄被火燒焦了。他們說

在兩個球門之間，綠
照射的事物不被看見
變成什麼，除非不再是
酒鬼們的狂熱，萬眾之眾的勝利
但在那裡，嚎叫就是鮮活的結構

拜恩州：位於慕尼黑，最大的聯邦州。

不如說麥德林的秩序

看，那細腰肥臀的舞女
她創立了「巧笑倩兮」
生活在一個窄狹的小圈子裡
逐漸形成一種賦形，它的賦形長出
存在，或不存在
都跟馬格太太沒關係

假如我走得太近，馬格太太
就會被一簇光
與一根凹凸的椽子，或
一艘裝飾船，或
一團霧，擠到角落

可她正拾起

掉在地毯上的耳環

如果我不在場

或，躲在帷幕的拱廊』

諸如此類，就不存在了

音樂戛然而止，音樂也會從喧鬧中小憩

最初的發生，當然不是因一個動作

足以確定，老實人和搗亂鬼的表達方式不同

比方說：我走起路來搖搖晃晃

慢慢地，長明燈附近有了熱流

比方說：那男人，靜靜地坐著

還把戴手套的手放在大腿上

一本色情刊物使他的臉發燙

在「偏偏這樣寂寞」裡

他不會逃離

那嵌入的聲音

倘若這也是一種病，一個疑難雜症

搖搖晃晃的事物是什麼？

再比方說：一個不認識的傢伙

從你身邊經過故意撞你一下，你憤怒

他巧妙的轉身離去

由此，存在，也就不存在了

往往如此，最初和現在

沒有固定不動，一個真理

一次時間的範疇，以及個人習慣

僅僅是昇華了一個無形的奇蹟

不如說威尼斯的秩序

白鴿於木漆地板上踢踏
在烈日中，古羅馬隨眼睛一起一伏
遊人出來觀望：風箏嘩啦啦響

一個開始被卸下了——

不對應玩氣球的孩子
不引證水流劃痕的運動。在船上
那些劃槳人手中的短句
直接關係到西餐桌上的食物
（如時間是一種終極），那麼
如何從洋蔥冒出的蒸汽裡穿越？

如何把玻璃杯裡陽光的碎片留住？另外
還有音樂，通奏的低音
伸到無從捕捉的身體內部
如「肝膽」「脾胃」之類的詞
要得到最佳的狀態，那麼
抒情時血管起到什麼作用？
你看，嗡鳴湧出
瞬間，就滑過我濺落的開始
可是，我多麼喜歡
有一片渴望
將節制我的思想
像一隻突然從窩裡竄出的兔子

哈，瑟琳娜，她不會從側門衝進吧台

但會有一時半會顯得無所事事

不如說奇瓦瓦的秩序

大麗菊的色彩落入一個單獨的枝葉上

奇瓦瓦*藏起它的雙腳，但仍在

空中，那時，藍邀請了紫

姑且說，在葡萄藤搭起的綠中

這紫召喚我

跟它穿過湖和玉米地

有一頭牛、一張桌子和一瓶龍舌蘭酒*

以及一個農夫，他白的髮

打著光的斑點

即使那斑點不在光中

我都無法修復他堅硬的輪廓上的臉

被灑上貓眼石般的黃

塞萬先生，你好嗎——
我很好，孩子——

我們將因彼此問候而望向前方
大貨車的輪子嘎支支響
群山嚴肅而莊嚴
但我們都知道，白晝將很快消失
如果你守候它就會忐忑不安
太陽的餘暉還在拾級而上
在藍的、紫的、綠的世界
我沒有停止對攝相機眨眼睛
這表明那落在我身上的情感

引來了一種獨特的氣韻
不如說是看見了仙人掌
把餵狗的女人帶到一個新的開始
接下來她還會幹什麼？
但，狗不會停止吠叫

奇瓦瓦：墨西哥北部城市，奇瓦瓦是個州。
龍舌蘭酒：墨西哥酒，辣而甜。

不如說雅典的秩序

在冬天。烏鴉會混群遊蕩
冠以虛構細節返照在低矮的窗
「女神」小屋，音樂誕生了

把做穆薩嘎*的廚師碾成土豆和茄子
在吧台前，聲音難以加冕
複雜的白晝，一輛吉普行走在天路

我是迷失於通幽曲徑的人，厭倦了
石頭於陰影中身裹銅黃，厭倦了
杯裡的茴香酒*，還有檸檬片

一次是酸，一次是陰差陽錯的虛名
複述、翻卷，拿著地圖
一顆橄欖樹在帕提農神廟的*呢喃

生出突眼、咧嘴的雕像，借助於
深藍和暗紫，更多的燈依稀可見
那雪白的、光溜溜的大腿

「哦，警察先生，快過來看看」
當然，什麼也不會發生我也無法改變
一條傾斜的坡，日日這麼長而舊

穆薩嘎：雅典的特色美食小吃。

茴香酒：用茴香泡制的白蘭地。

帕提農神廟：希臘的古城堡。

不如說基督城的秩序

這天主教堂，蒼白、空寂
可憐的教徒，他從未見過上帝
他，汝當為暗淡的星辰之光

他摘下，把它放在手心
並無我，以及愛的力量
他，汝當為悲哀的聖詩

「請用聖靈的火給我施洗」
他祈禱，並幻想「神的靈
彷彿鴿子降下落在他身上」*

這時代，在風中滾動
大片的冷飄著，一個女人
走進橡樹林，無視秋天的詠歎

時間是一種裹傷，在彷彿中
鞭打那被撕成碎片的詞語
違背了我的意願，或

至少不該合唱，一種寂靜
沒有思想，由偶然形成
一聲歎息，太持久而無變化

由曾經和現在構成，慢慢地
萬物凋零，帶著光中的影子
一種形態，不言而喻

嗚呼，這南島東岸的祕密河啊
浸泡著憂鬱的小徑……除了群山
給我熱和鐵，那個瞬間

「神的靈彷彿鴿子降下，落在他身上」：
出自《馬太福音》。

不如說斯圖加特的秩序

一群人走進生活是一次浮沉

一個人走進生活是一次浮沉

假使你想看清一個人的浮沉

例如：街角躺著的老婦

蠅在她身上爬

於是這次級的亂，牆角的亂

嚇跑了一隻貓。你如何解釋這個？

離教堂四英尺處

那個低頭數錢的修女

在她的上帝面前

為什麼空氣的元素

顯示出其所含的性質的亂？

還有麗麗的首飾盒，裡面
戒指、別針、耳環、腳鏈都出人意外地亂
當然，這些都跟我沒有關係

那時，我只是坐在保時捷裡
我的手在向前推動，無疑
在換擋中，車輪在滑行
如何預測未來的延展？

擦肩而過的人走在大街上
擦肩而過的亂都是一樣的
無關其他，還有我自身
我們都住在同個州，矢車菊盛開著

讀詩人96　PG1637

 不如詩

作　　者	楊沐子
責任編輯	盧羿珊
圖文排版	周妤靜
封面設計	蔡瑋筠

出版策劃	釀出版
製作發行	秀威資訊科技股份有限公司
	114 台北市內湖區瑞光路76巷65號1樓
	電話：+886-2-2796-3638　傳真：+886-2-2796-1377
	服務信箱：service@showwe.com.tw
	http://www.showwe.com.tw
郵政劃撥	19563868　戶名：秀威資訊科技股份有限公司
展售門市	國家書店【松江門市】
	104 台北市中山區松江路209號1樓
	電話：+886-2-2518-0207　傳真：+886-2-2518-0778
網路訂購	秀威網路書店：http://www.bodbooks.com.tw
	國家網路書店：http://www.govbooks.com.tw
法律顧問	毛國樑　律師
總 經 銷	聯合發行股份有限公司
	231新北市新店區寶橋路235巷6弄6號4F
	電話：+886-2-2917-8022　傳真：+886-2-2915-6275

出版日期	2017年7月　BOD一版
定　　價	200元

版權所有・翻印必究（本書如有缺頁、破損或裝訂錯誤，請寄回更換）
Copyright © 2017 by Showwe Information Co., Ltd.
All Rights Reserved

Printed in Taiwan

國家圖書館出版品預行編目

不如詩 / 楊沐子著. -- 一版. -- 臺北市：釀出
版, 2017.07
　　面；　公分. -- (讀詩人 ; 96)
　　BOD版
　　ISBN 978-986-445-151-7(平裝)

851.487　　　　　　　　　　　105017301

讀 者 回 函 卡

感謝您購買本書，為提升服務品質，請填妥以下資料，將讀者回函卡直接寄
回或傳真本公司，收到您的寶貴意見後，我們會收藏記錄及檢討，謝謝！
如您需要了解本公司最新出版書目、購書優惠或企劃活動，歡迎您上網查詢
或下載相關資料：http:// www.showwe.com.tw

您購買的書名：_____

出生日期：_____年_____月_____日

學歷：□高中 (含) 以下　　□大專　　□研究所 (含) 以上

職業：□製造業　□金融業　□資訊業　□軍警　□傳播業　□自由業
　　　□服務業　□公務員　□教職　　□學生　□家管　　□其它_____

購書地點：□網路書店　□實體書店　□書展　□郵購　□贈閱　□其他

您從何得知本書的消息？

　　□網路書店　□實體書店　□網路搜尋　□電子報　□書訊　□雜誌

　　□傳播媒體　□親友推薦　□網站推薦　□部落格　□其他_____

您對本書的評價：(請填代號　1.非常滿意　2.滿意　3.尚可　4.再改進)

　　封面設計____　版面編排____　內容____　文／譯筆____　價格____

讀完書後您覺得：

　　□很有收穫　□有收穫　□收穫不多　□沒收穫

對我們的建議：_____

_____

_____

_____

請貼
郵票

11466
台北市內湖區瑞光路 76 巷 65 號 1 樓

秀威資訊科技股份有限公司　　　收

BOD 數位出版事業部

⋯⋯⋯⋯⋯⋯⋯⋯⋯⋯⋯⋯⋯⋯⋯⋯⋯⋯⋯⋯⋯⋯⋯⋯⋯⋯⋯

（請沿線對折寄回，謝謝！）

姓　　名：＿＿＿＿＿＿＿＿＿　年齡：＿＿＿＿　性別：□女　□男

郵遞區號：□□□□□

地　　址：＿＿＿＿＿＿＿＿＿＿＿＿＿＿＿＿＿＿＿＿＿＿＿＿＿

聯絡電話：(日) ＿＿＿＿＿＿＿＿＿＿　(夜) ＿＿＿＿＿＿＿＿＿＿＿

E-mail：＿＿＿＿＿＿＿＿＿＿＿＿＿＿＿＿＿＿＿＿＿＿＿＿＿＿